De rêves en réalités

Jean-Paul Populu de la Forge

ISBN : 9798717681131

ISBN : 9798717681131

Introduction

J'ai toujours rêvé et souvent des rêves qui me terrorisaient et viraient au cauchemar. Je me rallie à l'idée que le rêve peut être la soupape d'une journée bien (trop?) remplie mais j'aime aussi l'idée que cela peut aussi prédire l'avenir et qu'il soit nécessaire d'en tenir compte pour construire celui-ci.

Je décrirai chacun de mes rêves et expliquerai si cela m'a réveillé car souvent la fin du rêve me réveille. Quant à l'interprétation de chaque rêve, je laisserai le lecteur tenter de deviner au travers de ces compte-rendus de rêve de l'état de mon dérèglement mental...

À chaque rêve je donnerai la situation réelle par rapport à la situation rêvée, dans la mesure du possible bien entendu.

Concernant la méthode, le souci est de se souvenir des rêves, je les note donc généralement dès mon réveil...

Attention, le rêve peut être aussi une porte d'entrée.

Pourquoi cette gamine?

Je suis au milieu d'une place et quelqu'un me présente une jeune femme brune d'une quarantaine d'années en me disant c'est... j'ai oublié son prénom, la fille d'amis que nous avions il y a 40 ans. Il n'y a personne d'autre sur la place, l'ambiance est bizarre. La jeune femme me sourit puis s'éloigne.

Je me retrouve seul, je ressens une espèce de malaise. Je n'ai jamais revu ce couple d'amis, du moins pas depuis 40 ans. Je ne comprends pas pourquoi je croise cette personne, je ne suis pas bien, je me réveille. Je me rendors immédiatement.
Rêve réalisé une fois.

La dernière fois que j'ai vu cette enfant dans la réalité, c'était il y a plus de 40 ans et elle avait 8 ou 10 ans, je ne l'ai jamais revue, ni elle ni ses parents. En outre j'ai un problème de date, j'hésite entre 20 et 40 ans... pas grave...

Contre performance

Je joue au squash avec un ami que je n'identifie pas, je sais que je suis plus fort que lui mais je n'arrive pas à le battre aujourd'hui et cela me met en colère. La partie se termine et j'ai perdu, je rentre au vestiaire avec mon ami, je suis très déçu.

Je quitte le club de squash avec mon partenaire, au loin le ciel est rouge. J'ai l'impression qu'une catastrophe se prépare, un tremblement de terre, une éruption volcanique, je me dis que comparé à cela perdre une partie de squash ce n'est vraiment pas grand chose. Je ne suis pas content mais ce n'est pas très grave, je me réveille et il est l'heure de se lever.
Rêve réalisé une fois.

J'ai longtemps joué au squash et c'est un sport que j'ai adoré, j'envisage actuellement de m'y remettre un petit peu avec le souci que j'ai vieilli et qu'il faut faire attention à mon coeur (!!!).

Bref et intense

Je tombe, de très haut. J'ai l'impression que cela dure et j'arrive très vite au sol. Je tombe toujours face au sol. Je ne m'écrase pas et ma chute s'arrête brutalement mais sans heurter le sol. Je suis à quelques centimètres du sol, je ne comprends pas, je devrais être mort. J'ai eu peur mais je ne me suis pas écrasé, une ombre tourne autour de moi. C'est un rêve récurent mais je ne m'écrase jamais et je me réveille toujours un peu paniqué.

Rêve récurent.

Je n'ai jamais pratiqué le parachutisme ou la chute libre, j'ai fait une fois du parapente et j'ai plutôt bien aimé. J'ai l'impression que ce rêve traduit plutôt un état d'esprit, une sensation.

Il s'agit d'un rêve récurent depuis l'adolescence.

Très en colère

Je circule à moto et j'arrive à un feu rouge, je m'arrête. Arrive à côté de moi une autre moto, ils sont deux dessus. Le passager me dit quelque chose que je ne comprends pas puis commence à tenter d'ouvrir le top-case de ma moto, derrière moi. Il n'y arrive pas car je l'en empêche.

Ma moto tombe, je me dégage de la chute et fais tomber l'autre moto ainsi que les deux personnes. S'en suit une bagarre au cours de laquelle je flanque une vraie correction aux deux personnes en particulier celui qui tentait d'ouvrir mon coffre arrière. Je suis dans une grande colère. Je ne me réveille pas mais garde un souvenir vivace lorsque je me réveille.

Depuis que j'ai fait ce rêve, je ferme à clé la valise arrière de ma moto lorsqu'il y a quelque chose dedans.

Drôles de vacances

Je suis dans une île à la végétation luxuriante et verte avec des personnes que je connais et que j'identifie. L'une d'entre elles, une femme, manque à l'appel lors d'une promenade en bord de falaise. Je sais qu'elle est morte, qu'on la retrouvera un peu plus loin et que c'est moi qui l'ai tuée.

Je n'éprouve aucune colère, ni remords, simplement je l'ai tuée et elle le méritait. Les autres promeneurs découvrent le corps, je me désintéresse de la situation.

Il me semble qu'on m'accuse du meurtre mais je n'en suis pas certain. Je ne suis pas du tout inquiet et j'ai même l'impression d'avoir fait une bonne action.

Je n'ai jamais tué personne et la femme tuée dans mon rêve ne m'est pas familière, je n'ai aucune animosité contre elle. Je ne comprends pas du tout pourquoi j'ai voulu la tuer.

Rêve fait deux ou trois fois me laissant une sensation de malaise au réveil.

Remise en cause

Je suis debout devant le tableau d'affichage du baccalauréat. Je cherche mon nom, il n'y est pas. Je comprends que je ne l'ai pas, cela fait 3 ou 4 fois que je le passe et je ne l'obtiens toujours pas. Cela m'effraye car j'ai conscience de la vie que j'ai eu après le bac et je sais que si je ne l'ai pas tout est remis en cause.

En fait, je suis face au tableau d'affichage en sachant ce qui m'arrive par la suite avec ce diplôme mais je ne vois pas mon nom et je panique car je réalise que j'ai perdu ma vie. Je suis très perturbé, une femme en sweat-shirt sombre à capuche passe derrière moi.

Je me réveille à chaque fois en me traitant d'imbécile puisque je l'ai obtenu ce fichu baccalauréat.

J'ai obtenu difficilement ce diplôme. J'ai eu très peur jusqu'au bout car je savais qu'il conditionnait tout le reste de ma vie. J'en garde un très mauvais souvenir. Il s'agit d'un rêve que je fais régulièrement et qui est installé dans mon inconscient depuis des dizaines d'années.

Je déteste ce rêve.

Écrous en stock

Je descends un escalier pour accéder à une salle de restaurant en entre sol, mon épouse est devant. Il y a des travaux dans le restaurant et en descendant l'escalier je ramasse six ou huit gros écrous, je ne sais pas si c'est 6 ou 8 mais il me semble que le nombre pair est important.

Arrivés en bas de l'escalier, nous saluons le restaurateur et je pose les écrous sur un comptoir. Au moment de gagner notre table le restaurateur me fait part de sa surprise de me voir car mon épouse était venue plusieurs fois seule et il se demandait ce que je devenais.

Un sentiment de jalousie m'envahit. J'imagine immédiatement que voyant mon épouse venue seule, il a pu penser que la voie était libre...

Je me réveille à ce moment là avec une forte impression de malaise. Je me rendors.

Un restaurateur que je connais dans un restaurant que je ne connais pas. Je ne saisis absolument pas ce rêve, il arrive de temps en temps, plutôt rarement et j'ai l'impression qu'il est très court.

Seul

Je suis seul dans une grande immensité, la lumière est nébuleuse, j'ai l'impression d'être sur une première de couverture d'un roman de science fiction. Je n'ai pas peur, je suis au milieu d'une grande plaine de sable ou de terre, jaune, rouge. Je me demande juste si ce n'est pas la mort qui est ainsi: seul au milieu de rien... C'est la lumière qui est étonnante, blafarde, nébuleuse.

Une drôle d'impression, cela ne me réveille pas mais je m'en souviens bien.

Même pas peur

Je conduis une petite voiture, en ligne droite. D'un seul coup un piéton surgit, il est habillé en sombre avec une capuche, je l'évite, l'auto part en dérapage mais cela ne m'inquiète guère. La voiture glisse et heurte à l'avant gauche un arbre ou un bout de mur. Je ressens le choc mais il est très faible, le bruit est celui d'une feuille de papier que l'on froisse.

La sensation de choc est bizarre, un peu comme si sur un film deux ou trois images « sautaient ».

Puis la voiture reprend sa route, je n'ai pas été secoué, je n'ai pas été inquiet, à aucun moment. Je n'ai pas ressenti cela comme un accident plutôt comme lorsqu'on passe sur une plaque d'égout bancale et qu'un bruit s'entend.

Ce rêve ne me réveille pas, se produit rarement et, bizarrement, reste bien présent dans ma mémoire. Par contre il est purement fictif puisque je ne me souviens pas d'avoir eu un accident de ce type dans « la vraie vie ».

Perruque or not perruque

Je marche au milieu d'une foule assez dense. Fait notable, je suis chauve et je porte une perruque assez fournie sur le crâne. Cette perruque me gêne car je ne suis pas habitué et je la sens qui glisse.

Je m'arrête, l'enlève, la plie ou la roule et la place dans la poche arrière de mon jean. Certains autour sourient mais cela ne me dérange pas et je reprends ma marche plutôt content. En fait je me dis que je suis quand même mieux sans cette fichue perruque sur le crâne et poursuis ma route...

Je suis quasi chauve depuis longtemps et passe la tondeuse à 2 mm régulièrement, en outre je n'ai jamais envisagé de porter une perruque. Rêve produit une fois.

Ambiance saline

Je suis seul sur une plage et je vois au loin sous un toit discuter une jeune femme avec la tête couverte d'une capuche sombre et un homme plus âgé. L'homme explique qu'avec les embruns le bois de la charpente s'abîme. Je suis loin mais j'entends très bien la conversation.

Il y a beaucoup de vent.

Le bois de la charpente semble très abîmé par le sel de la mer.

Je connais cet homme que je n'apprécie pas et la jeune femme semble être un membre de ma famille.

Bizarre comme rêve.

Manifestation

Je défile au milieu de manifestant, les slogans m'arrivent déformés, distordus. Je ne sais pas de quoi il s'agit, il me semble que c'est une manifestation anti raciste mais je n'en suis pas certain.

Je ne sais pas ce que je fais là-dedans ni comment je suis arrivé ici. Je défile mais je ne suis pas concerné, je suis là par hasard et je me demande comment je suis arrivé ici.

Le défilé continue et j'ai l'impression que je « m'évapore », je quitte la manifestation en disparaissant.

Franchement je ne sais pas ce que je fais dans une manifestation moi qui n'y suis jamais souvent allé... Sans doute une résurgence de l'actualité...

Circulation

Je conduis un véhicule blindé, particularité de cet engin: il n'y a pas de vitres et la vision extérieure se fait uniquement par caméra. Il y a un autre soldat avec moi. Je ne me sers pas des caméras et je conduis en visualisant la route en regardant au travers du blindage (un peu comme Superman!!!).

Le soldat qui est avec moi est terrorisé car il voit bien que je conduis sans les caméras. Il est terrorisé mais je dois avoir un grade supérieur au sien car il ne dit rien!!!

Je conduis tranquillement en évitant les obstacles et prenant les virages correctement. Tout se passe bien et je suis plutôt décontracté. Le rêve s'arrête mais il me semble que le trajet se poursuit sereinement, je crois même que je souris...

Je n'ai jamais conduit de blindé et lorsque je circule je vérifie toujours les alentours.

Politique quand tu nous tiens!

Il pleut, j'arrive dans une maison avec une grande véranda, m'attend sous cette véranda une femme politique que je connais, elle est juste à l'entrée et me regarde.

Je ne peux pas passer car elle me bloque le passage, elle me fait face et j'ai l'impression que ses yeux sont rieurs mais le reste du visage est impassible.

Je ne sais pas quoi faire, nous nous observons.

La situation dure et rien n'évolue ou ne bouge.

Mon rêve dure ainsi, je ne suis pas en danger, je ne sais pas quoi faire et elle ne bouge pas.
Je me réveille et je ne suis pas content car rien ne s'est passé et je n'ai pas pu rentrer dans la maison.

J'ai la très nette sensation que cette femme risque de me perturber... pour de vrai!!!

Harcelés

J'enquête sur un harcèlement à l'encontre d'un jeune couple, je connais la jeune femme mais je n'ai pas son nom par contre j'ai l'impression de connaître le jeune homme mais je suis quasiment certain que le nom qu'il me donne correspond à quelqu'un d'autre.

Il semblerait qu'à chaque fois que ce jeune couple se déplace quelqu'un place sur leur chemin une bouteille d'eau et cela les perturbe. Ils s'estiment harcelés.

J'enquête donc pour savoir qui les harcèle ainsi.

L'enquête est difficile car je n'arrive pas à savoir en quoi consiste exactement le harcèlement et j'ai toujours ce doute quant à l'identité du jeune homme, cela me perturbe et me gêne dans mon enquête.

Donc je tourne en rond et n'arrive à rien.

Drôle d'impression avec ce rêve mélangeant réalité avec des personnes connues et des identités multiples.

Et je cours...

Je termine une partie de squash avec un bon joueur que je connais mais que je n'apprécie guère (il s'agit d'une personne qui a été condamnée pour agression sexuelle). Je suis un peu fatigué car c'était une reprise pour moi après une longue période d'interruption.

Je refuse de prendre un verre avec mon partenaire.

Je charge mon sac et rentre chez moi. Je dois être à une petite cinquantaine de kilomètres de mon domicile, mon sac sur le dos je commence à prendre la route et pars en courant tranquillement, j'ai l'impression que quelqu'un court à côté de moi mais je ne sais pas qui est-ce.

Je suis sur une île tropicale que je connais, la température est chaude mais pas trop, je suis bien. Ma course se fait tranquillement, j'alterne les moments de course à l'ombre, au soleil, en bordure de mer. Je suis bien, je cours tranquillement, je suis sur un « palier », c'est à dire que je suis au moment de la course où je suis à l'aise avec l'effort avec la très nette impression que je vais pouvoir courir indéfiniment (sensation que les coureurs connaissent bien).

Je rentre tranquillement, je bois de temps en temps, de l'eau, du sucré. Je passe vraiment un bon moment, je me réveille heureux, content.

Squash et course à pied sont deux sports que j'ai adorés mais en vieillissant ces disciplines me sont devenues un peu plus ardues.

Mon partenaire de squash est une personne que je connais et qui a été condamnée pour agression sexuelle sur mineures, c'est une personne qui m'a agressé et nous nous sommes voués une haine féroce durant des années... durant ma partie de squash, dans mon rêve, il était plutôt sympathique.

Le trajet de retour à mon domicile va de Saint Denis de La Réunion à Saint André sur la côte Est de l'île. J'aime bien cette région, je l'ai retrouvée, en rêve, avec plaisir. Ce rêve est étonnant car j'ai eu une très forte sensation de réalité à part l'effort physique que je ne ressentais pas ou en phase de « grande forme ».

Par contre impossible de savoir qui courait avec moi.

Rêve sympathique qui m'a réveillé de bonne humeur, c'est déjà pas mal!!!

D'une humeur de dogue

Je ne suis pas content du tout, je suis de mauvaise humeur car il va falloir que je reprenne le travail demain matin. En fait je ne sais pas exactement de quel travail il s'agit mais je sais que rien que le fait d'y penser me met de mauvaise humeur.

Sauf que généralement cela me réveille à moitié et c'est là que je me dis: « ne t'affole pas, tu es à la retraite maintenant ».

Généralement je me rendors en souriant...

Je fais ce rêve depuis que je ne suis plus en activité professionnelle et cela me réjouit à chaque fois bien que le départ de ce rêve soit à chaque fois une forte mauvaise humeur!

Mauvaise blague

Je suis à table, sur une table de 8 il me semble, c'est au cours d'un banquet, d'un congrès. Nous déjeunons tous, il y a du bruit et juste à côté de moi, mon voisin est au téléphone avec un invité qui a du mal à trouver son chemin.

Mon voisin demande à la cantonade quelle est l'adresse du restaurant où nous nous trouvons et je réponds immédiatement « c'est la place du 10 janvier ». Mon voisin me remercie et communique à son interlocuteur.

Le 10 janvier est la date de mon anniversaire et je ne connais pas du tout l'adresse du restaurant.

Au bout d'un certain temps arrive l'invité en retard qui demande « quel est l'abruti qui a donné l'adresse du 10 janvier? », tout le monde éclate de rire et mon rêve s'arrête là.

J'ai l'impression d'avoir fait une bonne blague qui a bien fait rire tout le monde.

Je suis tout à fait capable de faire ce genre d'âneries...

Fond musical

Je suis en haut d'une forêt, lorsque je dis en haut c'est dans les plus hautes branches et j'oscille au gré du vent. Au sol, je vois passer ce qui semble être un ou une jeune en sweat sombre.

Il s'agit là d'une partie commune de rêve avec généralement une musique, un refrain, un air lancinant qui est à chaque fois différent, cette fois ci il s'agissait de Radio, tube de Polnareff en 81. Le problème étant que lorsque je me réveille, le petit refrain est bien présent et je l'ai en tête pour la matinée.

Rêve récurent dont la particularité est d'implanter durablement (au moins pour la journée!) une rengaine.

Conquête

Je suis un peu au dessus du képi d'un officier debout dans une jeep (genre Leclerc entrant dans Paris à la libération). Un peu comme si je voyais par une caméra par dessus son épaule. Nous sommes en campagne et il y a un long convoi militaire derrière nous. L'officier commandant cherche à franchir un fleuve mais les ponts sont détruits et il n'arrive pas à trouver un passage.

Le convoi roule sur la route en cherchant un passage qui ne vient pas. Il me semble que cela dure une éternité et pas de passage ou de gué possibles.

Je me réveille de méchante humeur à cause de cette impasse, cet échec.

Je me demande bien ce que peut pouvoir signifier un tel rêve, il se produit de temps en temps.

Faudrait pas vieillir !

Je suis dans une concession moto que je connais sauf que j'y pousse une bicyclette. Arrivant face à une porte pour sortir et avoir accès à l'extérieur une jeune fille m'ouvre la porte et me sourit.

Je la reconnais, il s'agit d'un amour de jeunesse. Problème, elle ne me reconnaît pas car elle a toujours 15 ans et moi... 50 de plus!!! Je passe bêtement avec mon vélo, souriant en la remerciant. J'hésite à me faire reconnaître.
Je trouve ça tellement injuste que j'ai vieilli et pas elle!!!

Je repars pas content du tout.

Rêve fait une seule fois, cela m'a mis plutôt de bonne humeur car je me suis dit que cette jeune fille avait du vieillir comme moi... et bien changer, comme moi!!!

Changement de décor

Je marche en campagne et j'entends, derrière moi, des bruits sourds, des détonations. Je me retourne et, manifestement, je quitte une zone de guerre. De la fumée partout, des explosions mais tout cela est au loin et les bruits sont diffus, derrière moi.

Je continue à avancer et je m'enfonce dans une campagne verdoyante, calme, les chants d'oiseaux deviennent de plus en plus présents prenant l'ascendant sur les fracas de la guerre. L'ambiance devient apaisée, je me sens envahi d'une grande quiétude. Tout va bien, il fait beau, tout est calme et le fracas de la guerre disparaît.

Je me suis réveillé en grande forme, heureux avec la sensation d'avoir vécu un grand moment de sérénité.

Je n'ai jamais assisté véritablement à des scènes de guerre par contre j'ai souvent été confronté à des moments d'insurrection, de guérilla urbaine. Évidemment, j'ai souvent voyagé dans des contrées rurales et calmes mais je ne suis jamais ainsi passé de la guerre à la campagne aussi vite.

Chaud devant!

Je roule dans une voiture dont je n'arrive pas à déterminer la marque (un comble pour moi) par contre j'ai très chaud. Les vitres sont toutes remontées et le chauffage intérieur a l'air de fonctionner à fond.

Manifestement il y a un défaut dans le système de chauffage du véhicule, impossible d'avoir de l'air frais et cela devient franchement difficilement supportable. Mon rêve se termine ainsi, j'ai très chaud.

Dans la vraie vie je me débats avec le système de chauffage de l'un de mes véhicules, il ne fonctionne plus correctement et envoie tout le temps de l'air chaud dans l'habitacle.

Bel exemple du réel qui empiète sur l'imaginaire.

Très en colère

Je suis à table au restaurant et je déjeune avec une femme. Je suis incapable de savoir qui est cette femme, une chose est certaine je suis très en colère envers elle.

Le problème étant que je ne sais pas pourquoi, il me semble qu'il s'agit d'une sombre histoire de jalousie mais je ne suis pas certain, une chose est certaine: j'ai la rage.

À une table proche des jeunes aux visages masqués par des capuches murmurent entre eux. J'ai l'impression que l'un d'entre eux m'observe.

Mon rêve s'achève ainsi, je ne connais pas cette femme, je ne sais pas dans quel restaurant et je ne sais même pas ce que j'ai mangé !!!

Ce rêve reste pour moi énigmatique... dubitatif je suis...

Trafic de vêtements

Je suis avec un groupe de jeunes (scolaires?) dans une salle d'aéroport et un industriel mauricien de textiles fait une conférence sur les méthodes de fabrication de vêtements à l'île Maurice.

Pendant cette conférence, ses collaborateurs tentent de faire passer des vêtements en douce car avec la crise de la Covid, il est interdit de faire rentrer sur le territoire national des textiles en provenance de cet état. Un sous-préfet, que je connais, est présent et veille au grain mais je vois bien des quantités de vêtements passer en fraude durant cette conférence.

J'observe mais n'interviens pas. Le rêve se termine alors que le trafic prend fin.

J'aurai pu dans la réalité assister à une scène de ce type ayant vécu pendant un moment dans cette région du globe. Ce qui était amusant pour moi était le mélange des personnages avec un industriel mauricien, des élèves que je reconnaissais en partie et un sous-préfet que j'ai rencontré dans une autre région mais en aucun cas dans l'Océan Indien.

Alors là...

Je suis dans une grande salle dont je ne vois pas les murs sauf celui devant moi qui est couvert d'ordinateurs et de voyants divers. Il faut que j'actionne des leviers, des interrupteurs mais je ne sais pas lesquels et je ne sais pas à quoi cela correspond. J'ai l'impression que la moindre de mes décisions sera lourde de conséquence mais je ne sais pas en quoi et je ne sais pas pourquoi.

Je reste planté devant ces panneaux lumineux, ces machines et je ne fais rien. J'ai l'impression que ce rêve a été très court et sans aucun ressenti émotionnel.

Je ne sais quoi penser de ce rêve, il doit signifier quelque chose... ou pas... Je ne sais pas.

Pas très à l'aise

Je suis sur un plateau de télévision, interviewé par une journaliste connue au national. Elle m'interroge sur l'un de mes derniers écrits (rêve ou fantasme ?!?!?!) et je ne suis pas très à l'aise. Je ne suis pas très à l'aise car je ne comprends pas ses questions, je voudrai bien répondre mais je ne peux pas car je n'y comprends rien!!!

Je tente de lui faire répéter, je vois bien quelle me considère de plus en plus comme un abruti mais je ne comprends pas les questions. Cela me déstabilise et amplifie mon malaise.

Le rêve s'arrête ainsi et je perds l'occasion de mettre en valeur mon écrit.

Je me réveille déçu car ce n'est pas tous les jours qu'on peut passer à la télévision!!! Cela me fait sourire et je me dis que si c'est pour faire ainsi, autant ne pas aller faire la promo à la télévision!!!

Difficile à gérer

Je suis chef d'établissement dans un collège ou un lycée, ce n'est pas très clair et on vient m'annoncer que mon fils qui est scolarisé avec moi vient encore d'échouer à l'examen de fin d'année. Cela va lui faire deux ou trois ans de retard dans sa scolarité et je ne suis pas content du tout.

Arrive à ce moment dans mon bureau un orthophoniste ou psychologue qui m'annonce que mon fils ne pourra jamais entamer des études supérieures au vu des difficultés qu'il a. Le professionnel m'explique que mon fils est dyslexique plus toute sortes de difficultés dys...!!!

Je suis abasourdi et j'ai du mal à gérer. Je me réveille à ce moment là.

J'ai eu assez peu de souci avec la scolarité de mes trois enfants, donc c'est un rêve « de composition » je me suis rendormi.

Dans le noir total

Rêve bizarre qui aurait pu tourner au cauchemar, je suis dans l'obscurité complète et je marche sur un sol souple sans obstacle particulier. Je ne suis pas inquiet, il fait très sombre et il y a du bruit mais diffus et je suis incapable de déterminer la nature de ce bruit.

Je marche dans l'obscurité, en ligne droite, j'avance mais je ne sais pas où je vais, je n'ai pas d'objectif précis et j'ai la sensation que cela dure une éternité. Un peu comme si ma vie n'allait plus être que cela: cheminer dans l'obscurité, sans but. Le pire c'est que je ne suis pas seul, quelqu'un est là vêtu en sombre, je ne le vois pas.

Cela aurait pu tourner au cauchemar avec scène de panique dans l'obscurité mais non, je marche...

Rêve incompréhensible, je n'ai pas peur de l'obscurité et il m'est souvent arrivé de marcher en montagne la nuit, aucune explication, je me suis réveillé un peu hébété.

Fichue porte

Je suis à mon domicile dans un couloir, quelqu'un ouvre une porte dans ce couloir sauf que dans la vraie vie, dans la réalité, cette porte n'existe pas dans ce couloir. Quelqu'un l'ouvre et la ferme mais je ne sais pas ce qu'il y a derrière cette porte et cela m'indiffère car ce qui m'interroge c'est « que fait cette porte ici? ». La présence de cette porte est surprenante et cela me perturbe.

J'ai l'impression que la séquence se répète à l'infini et je ne sais toujours pas ce que fait cette porte ici...!!!

Lorsque je me suis levé, je suis allé vérifié cette histoire de porte, elle n'existait toujours pas... Quelle histoire!

Sacré chantier

Je suis sur un chantier en plein air qui est organisé un peu comme un parc d'attractions. Un ami que je connais m'accompagne de stand en stand. En chaque endroit il y a un show avec des pelles mécaniques, des tracteurs, des grues... Lorsque nous passons de stand en stand je m'aperçois qu'il y a beaucoup de malfaçons dans les couloirs et les constructions.

À un moment mon ami me propose de faire une course en pelleteuse ou en camion-benne. Nous nous perdons de vue puis il me retrouve et nous partons en camion sur un circuit de vitesse en terre. Nous allons très vite et c'est impressionnant.

Ce qui me perturbe quand même ce sont toutes les malfaçons qu'il y a sur ce chantier. Mais apparemment tout le monde s'en moque, trop affairé à profiter des attractions avec engins de chantier.

L'ambiance est bonne et cela me met de bonne humeur. Par contre, il est à noter qu'il y a assez peu de bruit pour un chantier de cette envergure. Je ne me suis pas réveillé tout de suite.

Je n'ai jamais beaucoup fréquenté les chantiers, par contre j'ai été très heureux de retrouver cet ami que je n'avais pas vu depuis longtemps.

Trop de la balle

Un rêve extraordinaire, précis avec une forte sensation de réalité.

Je suis dans mon jardin et je range des bûches de bois, je suis aidé dans ma tâche par un type de mon âge que je connais bien. Le gars en question est Jean-Louis Aubert, le musicien (ex Téléphone, Insus...), il me donne un coup de main pour ranger les bûches de bois et nous rigolons bien ensemble, apparemment nous nous connaissons bien.

Dans un coin il y a une radio qui diffuse information et musique en sourdine. A un moment passe le morceau « New York avec toi » de Téléphone, cela nous fait sourire et je dis à Jean-Louis: « c'est quand même génial de pouvoir sortir une chanson qui 30 ou 40 ans après plait toujours autant et est diffusé sur les ondes ».

Il éclate de rire en me disant que ce n'est pas très compliqué et qu'il suffit de trouver les bons accords et les paroles viennent tout de suite. Il conclut en me disant « si tu veux je te montre! ».

Nous rentrons dans le garage qui me sert de salle de répétition pour jouer de la musique, attrape une guitare électrique, claque deux ou trois accords et commence à fredonner une chanson. Il me fait signe de prendre ma basse, me donne les accords et me voilà en train de jouer avec Jean-Louis Aubert dans mon garage!!!

Le rêve est d'une grande précision, on jurerait la réalité. Je me suis réveillé avec le sourire aux lèvres et « New York avec toi » dans la tête pour toute la journée ».

J'aime bien Téléphone, un peu moins Aubert mais j'ai été très heureux de jouer avec lui d'autant qu'il reste une figure du rock français, ce que j'aspire à devenir (il va falloir que j'accélère cette intégration!!!).

Un rêve « trop de la balle ».

Maudit démarreur!

Je me réveille avec le bruit d'un démarreur dans la tête. Dans mon rêve, je suis sur un parking en extérieur, juché sur une moto et je tente de démarrer. J'actionne le bouton du démarreur qui entraine le moteur mais celui-ci refuse de démarrer.

J'insiste et j'actionne toujours le démarreur qui fait un bruit du diable et le moteur qui refuse toujours de partir!

Et j'insiste, le bruit du démarreur s'installe dans ma tête, étonnamment la batterie ne semble pas faiblir... et ce bruit de démarreur...!!!

En fait, ce rêve n'est que l'écho d'une situation que j'ai connue et qui m'a laissé en panne sur le bord de la route. Donc pas du tout un rêve prémonitoire mais plutôt une vague réminiscence d'une expérience vécue... Il y a quelques années...

Drôle de jardinier!

Je suis dans un jardin avec un monsieur qui me montre comment faire des plantations.

En fait il plante de façon bizarre: il coupe des plantes ou des arbres et les plante la tête en bas. Il fait cela en riant.

Sitôt qu'il a ainsi planté les végétaux à l'envers, ceux-ci se mettent à pousser à vue d'œil et il m'explique qu'il faut faire ainsi: toujours planter à l'envers car cela va plus vite!!!

Je suis surpris mais ça a l'air de fonctionner...

Je ne suis pas jardinier pour deux sous et ce rêve est un mystère pour moi! Peut-être une symbolique avec le « placer à l'envers pour que ça pousse plus vite ».

Non ça suffit!

Repas de famille et j'annonce fièrement que je vais sortir un nouveau bouquin. Je suis assez fier de moi, même s'il faut bien reconnaître que le succès de mes précédentes publications reste relatif (voire minimaliste).

Silence à table et mon fils ainé prend la parole pour me dire : « ça suffit papa avec tes bouquins ! ».

Manifestement cela ne lui plait pas que je sorte un nouveau livre et cela me surprend. Silence à table, j'ai l'impression que tout est focalisé sur nous deux, je ne sais pas quoi dire, je suis malheureux.

La scène se termine ainsi, je me réveille malheureux. Ce n'est qu'un rêve.

Ce rêve m'a interpellé car je me suis dit que peut-être cela ne plaisait pas aux membres de ma famille que j'écrive pour publication. Cela ne m'empêchera d'écrire mais j'en parlerai moins.

Non merci...

Je suis en train de dormir tranquillement et soudain le téléphone me réveille brutalement, je réponds en faisant attention de ne pas paraître émerger du coma. Au bout du fil le Ministère de l'Education Nationale, le fonctionnaire au bout du fil m'informe qu'on a besoin de moi et que, si j'en suis d'accord, il faut que je rejoigne très rapidement le lycée de (nom incompréhensible) et que je suis le seul qui soit capable de prendre ce poste.

Je suis à la retraite depuis 3 ans et ne sais pas quoi répondre.

« Heu, oui, non, je ne sais pas... »

Reprenant mes esprits, je réalise que ce n'est pas sérieux que lorsque l'heure est passée, ce n'est plus l'heure, je décline donc cette prise de poste et me rendors en me disant « ha les c... ils n'en ont pas trouvé un autre que moi pour aller là-bas??? ».

Je me suis réveillé de bonne humeur en me disant que l'institution avait encore besoin de moi... il faut que je me calme, ce n'était qu'un rêve... ou un espoir secret... peut-être?

Sans doute une question de jambes!

Je récupère ma moto chez le concessionnaire, aucun problème majeur sauf que lorsque je grimpe dessus je me retrouve quasiment assis sur le réservoir! J'ai l'impression que la selle a été rapprochée et que je ne peux plus placer mes jambes correctement sur la machine.

Je retourne au magasin et explique la situation au chef d'atelier, celui-ci me propose d'aller voir sur la moto. Je remonte sur la moto et effectivement je suis assis quasiment sur le réservoir, pour moi la selle a été modifiée ou mal remontée.

Le chef d'atelier tourne autour de la moto et me dit « c'est pas la selle, ce sont tes jambes qui ont grandi d'un seul coup ». Je suis abasourdi et descend de la moto, de fait j'ai les jambes qui ont rallongé... Je me réveille...

Je me questionne sur cet épisode... des jambes qui rallongent!!! J'avoue que je m'interroge sur la valeur symbolique de ce rêve... peut-être que je devrais me remettre à la course à pieds, avec des jambes plus longues je devrais aller plus vite!!!

Ça mérite un bon coup de pelle

Je suis sur le bord de la route et je vois passer devant moi quelqu'un qui conduit une moto avec side-car. Je l'observe et il me semble reconnaitre le pilote mais je n'en suis pas certain, par contre je reconnais bien la machine puisqu'elle est à moi!

Le type m'a volé mon side-car et cela le fait rire, je tente de l'arrêter mais impossible, je cours derrière...

Je coupe à travers des petites rues et au passage j'attrape une pelle qui trainait là, j'arrive à couper la route de mon voleur et lorsqu'il arrive à ma hauteur, au détour d'une rue, je lui donne un coup de pelle bien à plat sur la tête. Il bascule en arrière et la machine cale aussitôt.

Je grimpe sur l'engin et repart heureux de mon intervention. Mon voleur est sonné par terre et reprend doucement ses esprits. Je me réveille à ce moment là.

Je possède effectivement un vieux side-car et il n'est pas question que n'importe qui parte avec, donc, effectivement j'aurai bien été capable de flanquer un coup de pelle à un potentiel voleur. Par contre j'ai un souci: je connais le voleur mais je suis incapable de mettre un nom dessus.

Bizarre

Je suis dans une famille qui a organisé un anniversaire pour des enfants et j'ai une tâche bien définie: à chaque enfant qui arrive je dois faire un shampoing.

Je fais donc mes shampoings l'un après l'autre et je remarque quelque chose, à chaque fois que je rince les cheveux des enfants il y a une couleur différente. Du bleu, du vert, du jaune ou du rouge, cela ne surprend personne et j'en suis même amusé.

À noter que je suis dans un pays avec multitude de cultures et que les enfants sont de toutes couleurs ou origines. La couleur de l'eau de rinçage n'est jamais la même, même lorsque les enfants ont la même couleur de peau.

L'anniversaire est plutôt sympathique et je fais des shampoings à la chaine, tout se passe bien.

J'ai longtemps vécu dans une zone pluri ethnique et multi culturelle, je n'étais donc pas surpris par les différentes origines des enfants et l'eau de rinçage m'a à peine surpris. De là à penser que nous sommes tous différents, y compris dans les eaux de rinçage... mais tous égaux.

Peur panique

Je suis instituteur dans une classe de campagne et je viens d'apprendre que je vais avoir la visite d'un inspecteur de l'Education Nationale.

Je suis totalement paniqué car l'inspecteur en question est un abruti de première et à chaque fois qu'il débarque dans une salle de classe c'est pour assaisonner l'enseignant.

Je panique, j'ai peur, je m'affole, je ne sais pas quoi faire, tous mes documents sont prêts mais je sais que de toutes façons il va me chercher des noises.

Je me réveille au milieu de cet affolement... et je souris...

Je me suis réveillé souriant car je n'ai jamais eu très peur des inspecteurs... et pourtant j'en ai rencontré dans ma carrière, des très bons et des moins bons. Du coup je me suis rendormi tranquille.

Lucy in the sky

Je suis dans une voiture, je conduis et j'ai avec moi une ex collègue de mon épouse que j'ai rencontrée deux ou trois fois. Elle est en fauteuil roulant et nous cherchons un médicament.

Elle a des excroissances qui lui pousse dans la bouche, les oreilles, la bouche et toutes les muqueuses. Elle souffre terriblement et le seul remède est l'ergot de seigle. Nous faisons les pharmacies mais pas d'ergot de seigle, nous trouvons quelqu'un qui lui propose de couper ces excroissances avec une pince, elle refuse.

Nous continuons notre route, nous arrivons dans un pays d'Afrique du Nord et finissons par trouver de l'ergot de seigle dans une petite boutique, l'ex collègue de mon épouse en prend et elle guérit très rapidement.

Je la ramène chez elle. Je me réveille à ce moment.

Rêve bizarre, je ne comprends pas. Pourquoi l'ergot de seigle? Je n'ai jamais pris de LSD (d'où le titre), drôle de rêve...

Danger imminent

Je suis dans mon garage en train de ranger. Je commence à fouiller dans le coffre de mon side-car pour faire un peu de ménage et dans le fond du coffre je tombe sur deux dossiers plastifiés bien protégés avec plein de sigles bizarres dessus. Un peu comme si ces dossiers étaient classifiés « secret défense » ou « top-secret ».

Bref, je me demande ce que ça fait là-dedans et ressens aussitôt une drôle d'impression, il me semble que je ne devrais pas avoir ces dossiers en ma possession. Je pense que je suis en danger, je jette un coup d'œil autour de moi, personne. Je suis avec ces dossiers à la main et l'inquiétude me gagne mais je ne sais pas quoi faire, je me réveille à ce moment là.

Bizarre, des dossiers « secret défense » dans le coffre d'une de mes machines... Mon inquiétude était diffuse, sans réelle cause, juste une impression. Explication alambiquée d'une situation que j'aurai vécue? Rêve prémonitoire...? A suivre...

Mon planeur!

Je suis dans une cité, au pied des immeubles en train de charger un planeur sur une remorque. Il s'agit de mon avion planeur qu'on m'a volé dans un aérodrome à 30 km. Je suis en colère car je ne sais pas comment ils ont fait pour me voler cet appareil qui fait près de 10 mètres d'envergure.

Je suis en colère et cela doit bien se voir car personne parmi les badauds ne dit quoi que ce soit. Je repars.

Je n'ai jamais pratiqué le vol plané en avion et ma seule utilisation de l'avion reste une utilisation commerciale, aucune explication, bizarre.

Il faut qu'il se pousse

Je suis en voiture et un homme vêtu tout en noir marche devant moi et me gêne pour passer. Je tente de le dépasser mais il m'empêche de passer, se retourne et me menace en vociférant.

Il a une tignasse noire et un regard terrifiant, je n'ai pas franchement peur mais il commence à m'énerver, je n'arrive pas à passer... je me réveille.

Drôle de situation que je n'ai jamais vécu et je ne connais pas cet homme. Dans la vraie vie je pense que j'aurai forcé doucement le passage en faisant attention de ne pas le blesser.

Cantine

Je sers le plat principal dans une cantine, plutôt un restaurant d'entreprise. Je ne suis pas le cuisinier, je dois être un exécutant et je sers les repas de façon mécanique. Ce boulot me fatigue, ne me plaît pas. Mais aujourd'hui c'est particulier: j'ai empoisonné le plat principal avec un poison violent qui va tuer tous ceux qui vont le prendre.

Je sers les repas sans états d'âme. Cela fait une heure que le service a commencé et certains commencent à avoir des crampes d'estomacs. Quelques-uns se précipitent aux toilettes pour vomir ou pour des diarrhées violentes. Je continue à servir, le service se fait tranquillement. Les personnes commencent à mourir, je continue à servir... Je me réveille.

Je n'ai jamais fait le service à la cantine et je pense qu'il doit être assez simple d'empoisonner un repas collectif, je ne l'ai jamais fait. Je me suis réveillé un peu perturbé.

Cauchemars dérangeants

Ce que j'appelle des « cauchemars dérangeants » ne sont pas cauchemars à proprement parler mais plutôt des rêves érotiques un peu violents qui me réveillent mal à l'aise avec parfois une telle sensation de réalité que je me réveille en me demandant comment je vais faire pour vivre avec cela... avant que je ne me rende compte que ce n'était qu'un rêve. Je ne ferai pas dans le détail, je dirai simplement que je me retrouve à faire des choses, en rêve, absolument inconcevables pour moi dans la vraie vie.

Cette sensation de réalité me réveille avec un fort sentiment de culpabilité qui ne se dissout qu'au bout de quelques secondes. Dans la vraie vie je suis plutôt quelqu'un de correct et maîtrisant ses pulsions. Alors ces « cauchemars dérangeants » sont ils la manifestation de désirs profonds, enfouis et refoulés? Je n'en sais rien mais ces rêves là arrivent rarement et à chaque fois, une fois réveillé et conscient du fait que ce n'était qu'un rêve, je me félicite de n'avoir pas eu ce genre de comportement dans la vraie vie!!!

Basketteur de haut niveau

Je suis sur un terrain de basket en asphalte, à l'extérieur. Je m'entraîne à tirer des paniers à différentes distances et la réussite n'est pas forcément au rendez-vous. Le terrain de basket est entouré de grands arbres, je connais cet endroit.

Un peu fatigué et las de ne pas réussir mes lancers, j'envoie une dernière fois le ballon en direction du panneau de basket. Une fois de plus j'ai mal visé et le ballon se dirige vers la planche de bois sans aucune chance de rentrer dans le cerceau. Tout à coup, une branche d'arbre capte le ballon et le place dans le panier!

Je reste interloqué et relance le ballon, même réaction des arbres autour: à chaque fois que le ballon ne va pas directement dans le panier, une branche le ramène vers le cerceau.

Je prolonge donc ma séance et réussis tous mes lancers, aidés par la végétation.
Végétation qui grandit et forme une espèce de dôme végétal au dessus du terrain de basket, je suis protégé du soleil et tous mes lancers vont direct dans le panier. Je me réveille heureux.

Je ne suis pas un spécialiste du basket, je suis grand donc j'arrivais, plus jeune, à lancer le ballon dans le panier mais avec des résultats très moyens. Par contre je connais bien cet endroit puisque j'y suis souvent passé pour pratiquer le squash dans des salles jouxtant ce plateau noir...

Situation de crise

Je suis dans ma maison et je me réveille de la sieste. J'arrive dans une grande salle à manger complètement vidée de tout son mobilier hormis une petite table basse avec un vidéo-projecteur installé dessus. A côté, un type que je ne connais pas, assis sur un tabouret, attend.

Je lui demande ce qu'il fait chez moi... pas de réponse...

Je file dans la cuisine et tombe sur une famille en train de cuisiner et mon épouse au milieu. Je demande ce qu'il se passe, elle me répond qu'il faut bien aider les réfugiés qui n'ont plus rien.

Je réponds que oui mais pas chez moi!!!

Dans le jardin, des gens s'installent sous la tente. Je me sens envahi, j'ai du mal et demande à mon épouse de sortir tout le monde de chez moi, elle ne me répond pas.
Je prends la rage et file dans une pièce récupérer une arme, une carabine, Je suis très énervé et ça va chauffer, je sors de la pièce avec ma carabine, décidé à expulser tout ce petit monde et... je me réveille!!!

J'ai mis 2 ou 3 secondes au réveil pour réaliser tellement le rêve était réaliste.

Escalade

Je suis face à un arbre énorme et il y a une espèce d'accès au sommet de cet arbre avec un chemin bétonné qui est appuyé sur l'arbre et permet d'arriver en haut. Sauf qu'à chaque fois que j'arrive à la moitié du chemin, celui-ci s'effondre, je tombe à terre puis le chemin se reconstitue et je l'empreinte de nouveau.

J'ai l'impression que la plaisanterie dure un moment, à chaque fois je tombe dans les gravats mais je ne me blesse pas et je repars à l'escalade à chaque fois. Je me réveille sans avoir réussi à arriver au faîte de cet arbre.

Je ne sais pas bien ce que signifie ce rêve. L'arbre, je vois bien ce que c'est, j'en ai rencontré en Afrique par contre le chemin bétonné appuyé contre cet arbre... franchement je ne vois pas.

Préfecture

Je suis en réunion de travail à la préfecture, je ne sais pas où et je ne connais pas le préfet. Une réunion sur un danger imminent, il y a du monde et manifestement c'est très important mais je ne me sens pas concerné, cela ne m'intéresse pas.

Je ne sais pas pourquoi puisque autour de moi tout le monde est très inquiet, le préfet se rend compte que je ne suis pas intéressé et m'apostrophe, je ne réponds pas, là aussi je ne suis pas concerné.

La réunion se termine ainsi, je me moque de ce qu'il se passe...

J'ai souvent assisté à des réunions importantes et même lorsque cela ne m'intéressait pas particulièrement je faisais au moins semblant... Dans ce cas là, manifestement je suis ailleurs!!!

Ombres et lumières

Je suis dans une forêt épaisse et je marche. Je n'ai pas peur, cette forêt est particulière, un peu spéciale. Je suis tantôt dans une forêt noire et froide mais je peux passer à une forêt claire, illuminée et chaude. Je passe du froid, quasi gelé, au chaud voire tropical.

Je ressens bien ces différences de températures mais je n'en souffre pas. J'avance tranquillement sans ressentir de danger particulier, pas d'inquiétude.

Pas de danger et j'avance en ayant quand même l'impression que je suis le seul être vivant... étonnant.

Dans « la vraie vie » j'ai surtout marché dans des forêts au climat chaud, tropical. Voilà c'est tout... rêve qui peut traduire un homme qui avance dans la vie avec différentes épreuves... je ne sais pas du tout ce que signifie ce rêve...

Accident de la route, rencontre et plus si possible

Je circule à moto dans une préfecture tropicale que je connais bien, je suis arrêté à un feu rouge, arrive à coté de moi une 125cc. Le feu passe au vert, je démarre mais le motard en 125cc qui est à côté de moi m'accroche par accident. Je ne sais pas si c'est de ma faute mais toujours est il qu'il part de travers et chute quasiment à l'arrêt.

Il n'y a personne derrière nous, je m'arrête immédiatement pour aider le motard à terre. Je l'aide à relever sa machine, il n'y a pas de dégâts. Il enlève son casque, c'est une jeune fille d'une vingtaine d'années qui est un peu choquée.

Elle me demande de l'aider à ramener sa moto chez un ami mécanicien moto qui est à côté. Nous y allons et l'adresse qu'elle me donne est celle d'une pisscine! Elle est sûre d'elle et effectivement une fois rendus sur place il s'avère que c'est bien une ancienne piscine reconvertie en garage moto.

Nous rentrons et je rencontre le mécanicien que je reconnais immédiatement puisque c'est un homme que j'ai connu en d'autres lieux alors qu'il était chef de chantier.
Nous discutons, c'était un personnage que j'appréciais, il m'explique sa reconversion, me présente son épouse qui travaille avec lui. Pendant ce temps il regarde la moto de la jeune fille et son épouse voit avec elle si elle est blessée. Ni l'engin, ni la conductrice n'ont de dégâts ou de blessures.

J'en profite pour lui laisser ma moto qui devait subir une révision en lui disant que je souhaite la vendre. La jeune fille intervient dans la conversation et me dit qu'elle vient de passer son permis grosse cylindrée et que mon modèle l'intéresse.

Je crois que je repars à pied et que ma moto est vendue...

Étonnant! Des garages motos j'en ai connu des quantités... le mécanicien est quelqu'un de sympathique et je l'appréciais en tant que chef de chantier. La piscine transformée en garage motos... alors là...!!!

Je ne connais pas son épouse ni la jeune motarde. Par contre la ville où se passe l'action m'est familière et je suis quasiment capable de donner le nom de la rue où l'accrochage se passe. C'était un rêve très « réaliste », agréable car je circulais à moto et que les protagonistes étaient plutôt sympathiques.

Faute originelle

Alors là!!! Rêve anormal, étonnant et cela n'a m'arrive que rarement mais je me suis réveillé avec un gros doute.

Je suis en train de gérer une réunion, c'est du sérieux. Je ne sais pas si c'est en établissement scolaire, en milieu associatif ou en entreprise toujours est-il que je dirige la réunion mais je n'y arrive pas: tout le monde se paye ma tête. Je parle mais je vois les gens qui chuchotent et se moquent de moi. J'ai l'impression que j'ai fait une erreur, une faute, quelque chose de grave et que tout le monde est au courant et que donc... on se moque de moi car je n'ai plus aucune crédibilité et ça... j'ai du mal.
Je sens que je perds pied, je ne suis plus crédible, c'est terrible, tout le monde se moque de moi.

Je me suis réveillé de fort méchante humeur et j'ai mis quelques secondes avant de reprendre contact avec la réalité. Je me suis interrogé sur la faute que j'avais commise, j'ai eu l'impression qu'il s'agissait d'une question de moralité, ce qui pouvait m'arriver de pire!!!

J'en ai mené des réunions, en petits groupes, avec du monde, jamais je n'ai été mis en difficulté, cela a parfois été dur selon les contextes, sociaux, politiques ou syndicaux mais jamais réellement mis en difficulté. D'où le ressenti terrible que j'ai eu.

La bonne nouvelle c'est qu'il ne s'agit que d'un rêve... Et j'espère pas prémonitoire!!!

Assis dans la caravane

Je suis en train de déminer un immeuble, je suis équipé de la tenue complète et j'avance dans mon travail. J'arrive sur une bombe qui n'a manifestement pas explosé et j'entreprends de la neutraliser.

Tout ne se passe pas comme prévu et l'engin explose me propulsant violemment en arrière, je traverse le mur qui est derrière moi ainsi que la rue et rentre en fracassant sa carcasse dans une caravane tractée par une automobile qui passait par là.

En clair je me retrouve assis dans une caravane qui s'éloigne du lieu de déminage. Ma première réaction est de penser « j'espère qu'on ne va pas penser que j'ai déserté!!! ».
Je me suis réveillé en souriant, à la limite du rire tant la situation ma semblait extraordinaire.

Je n'ai jamais déminé quoi que ce soit et je ne suis jamais entré dans une caravane par effraction, drôle d'histoire! Je ne vois pas bien ce que peut signifier ce rêve tant dans une réaction au vécu d'une journée ou alors carrément prémonitoire... et là... dubitatif je suis...

Comme un bœuf

Je suis dans la brousse et je ne suis pas content. En fait je suis un buffle ou un taureau, je n'arrive pas bien à savoir par contre ce dont je suis certain c'est que je suis très en colère. Je tape du pied et je souffle très fort un peu comme si j'allais attaquer un autre animal.

Le rêve prend tellement le pas sur le réel que je me réveille en soufflant « comme un bœuf » avec mon épouse à mon côté très inquiète et qui se demande ce qu'il se passe!!!
Cela m'a fait sourire et je me suis rendormi.

Bizarre car je ne me rêve pas souvent en animal... quant à me réveiller en soufflant comme un bœuf...

Drôle de garage

3 h du matin, le chien grogne dans le salon, je me lève et me rends compte que des cambrioleurs ont essayé de rentrer dans mon garage pour y voler un véhicule, heureusement que le chien a donné l'alerte.

La porte de garage me parait bizarre, en fait elle est faite de panneau de toile tendue sur des cadres de bois!!! C'est normal que les cambrioleurs viennent chez moi, la porte n'est pas solide, il va falloir que je revois tout cela!!!

Je me réveille en me disant: « heureusement que ma porte de garage est plus solide que cela!!! ». Je me suis rendormi.

Tombola et échange standard

Je trouve sur mon trottoir un carnet de ticket de tombola avec des billets à 150€ et un petit mot d'une personne que je connais: « je vous fais cadeau de ce carnet de ticket de tombola mais il faut me remettre un moteur neuf dans mon fourgon ».

Sur le trottoir un vieux fourgon et à côté une palette avec un moteur neuf dessus. Avec un ami je commence à placer le moteur et rendre le tout fonctionnel. Le travail à réaliser est important mais nous avançons bien.

Je me réveille.

Étonnant ces tickets de tombola à 150€ pièce... quant à remettre un moteur dans un fourgon... cela reste du domaine du rêve, un espoir secret???

Chef au féminin

Je suis vieux et je travaille à je ne sais quoi, je suis inquiet, je n'y arrive pas. J'ai sur le dos un chef qui est une jeune femme d'une trentaine d'années. Une femme plutôt jolie mais dont le visage est déformé par une espèce de rictus autoritaire qui lui déforme l'allure générale.

Elle est très désagréable avec moi et je ne supporte pas la pression qu'elle me met, d'autant que je ne suis pas très performant à mon poste de travail. Je perds mes moyens, je m'énerve, je n'y arrive pas...
Je me réveille sans aucune inquiétude tant la situation ne me correspond pas.

Dans la vraie vie travailler avec des femmes m'a plutôt réussi et je n'ai jamais eu de problème hiérarchique avec elles... d'où mon absence d'inquiétude lors de ce rêve tant la situation ne me concernait pas.

À moins que cela n'augure d'un avenir proche???

Soleil noir

Je marche dans la campagne, il fait beau et tout va bien. Paysage de campagne ordinaire, des champs, une forêt, il y a juste la lumière qui est bizarre, il fait jour mais la lumière est bizarre, je lève la tête et regarde le soleil qui éclaire normalement mais il est noir.

Le soleil est noir, d'un noir brillant, un peu comme de la peinture époxy, et pourtant il éclaire presque normalement.

La différence est juste dans la couleur, le soleil éclaire et chauffe presque normalement mais il est noir. Je marche, je me dis que ce n'est pas normal mais je n'ai pas d'explications... le soleil est noir, c'est tout.

Je ne me suis pas réveillé tout de suite, j'ai juste gardé ce souvenir, soleil noir.

Bon... je suis dubitatif sur ce soleil noir, j'ai connu des éclipses de soleil, de lune mais point de soleil noir. Alors???

Je suis DANS le clip

Clip vidéo officiel de Wham!, groupe culte des années 80 avec Georges Michaël et je fais partie du groupe de chœur qui chante sur « Last Christmas », tube sirupeux de 1984.

Brushing, coloration des cheveux et doudoune flashy, je me déhanche lascivement sur le tube disco. Je suis dans le clip tourné dans un chalet à la montagne ou en extérieur, dans la neige, bref je m'amuse bien Je me suis réveillé de bonne humeur, en souriant avec « Last Christmas » dans la tête une bonne partie de la journée.

Bon... Georges Michaël, ce n'est pas nécessairement mon fond de commerce habituel... ça aurait pu être pire, j'aurai pu être dans le clip de Mariah Carey!!! J'ai fredonné « Last Christmas » toute la journée!

À ma décharge, nous sommes dans la période de Noël!!!

Sacré Johnny!!!

Je me gare à moto dans une ville sur un trottoir bien rangé afin de ne pas gêner le passage. Apparemment je viens de loin, j'ai l'impression que ma moto est une Triumph, je récupère mon sac et m'apprête à traverser la rue pour aller déjeuner dans un petit restaurant de quartier. En attendant pour traverser, une dame d'une soixantaine d'années entame la conversation avec moi et nous attendons ensemble devant le restaurant avant qu'il n'ouvre.

La femme est plutôt sympathique et me dit qu'elle attend un ami. Cet ami arrive et il s'agit de Johnny Hallyday, ils s'embrassent amoureusement. Je connais Johnny, je ne suis pas un fan mais une chose m'étonne: la femme comme lui me paraissent changer d'âge. Je n'arrive pas à savoir exactement quel est leur âge, pire j'ai l'impression que leur âge change. Nous entrons dans le restaurant et m'installe à une table, je suis à coté d'eux et il y a deux types qui essayent d'engager la conversation avec Johnny car ils ont quelque chose à lui proposer ou lui vendre...

Je déjeune tranquillement sans trop faire attention au couple assis à la table voisine, leur âge change, 30, 40, 60 ans cela fluctue. A un moment Johnny se penche vers moi et me glisse quelque chose dans une poche de mon blouson. Il s'agit d'une liasse de billets. « C'est pour toi » me dit-il, je suis un peu surpris.

Je me lève pour régler et Johnny me dit avec un clin d'œil « Tu m'invites mon grand? », je paye en sortant la liasse de billets, il y a beaucoup d'argent. Je suis surpris, n'étant pas fan ni client de l'artiste, il n'y avait aucune raison pour que je reçoive cet argent.

Je sors du restaurant, j'ai cet argent à la main, je suis mal à l'aise et ne sais pas trop quoi en faire. Je remets la liasse de billes dans ma poche et me dit que s'il fait souvent ainsi ce n'est guère étonnant qu'il soit toujours dans le besoin.

Je reprends ma moto sauf que durant le déjeuner un marché s'est installé et il faut que je pousse ma moto pour passer entre les étals, c'est un peu difficile mais les commerçants sont plutôt sympathiques.

Une fois la voie regagnée, je repars...

Je me suis réveillé en ayant l'impression d'avoir fait un rêve très long et pas très réaliste.

J'ai croisé quelques vedettes ou stars mais jamais Johnny Hallyday, j'ai assisté une fois à un de ses concerts car je voulais voir l'artiste sur scène. Je n'ai jamais été fan et j'aime bien une ou deux de ses chansons mais vraiment sans plus, trop de choses me gênaient dans le personnage. Il n'y avait donc aucune raison que je déjeune avec lui.

J'aurai préféré croiser Kurt Cobain ou Alice Cooper mais... on ne choisit pas ses partenaires ou ses rencontres de rêve...!!!

Mauvaise nuit

J'ai passé une nuit exécrable, mon sommeil a été haché et je n'ai pas pu mener à terme mon rêve.

J'étais dans la brousse en Afrique du Sud, soldat britannique à cheval au sein d'un régiment qui participe à la guerre des Boers. J'ai chaud car mon superbe uniforme rouge n'est pas trop adapté au climat africain. Nous partons au combat et nous savons tous que l'engagement risque d'être terrible. Nous sommes en présence des ennemis, nous partons tous au galop vers eux. Je me réveille. Et cela s'est produit au moins 3 fois, à chaque fois au moment de l'engagement, je me réveillais. Non seulement j'ai passé une mauvaise nuit mais en plus je n'ai pu mener à terme ce rêve.

En même temps si la fin du rêve était une sanglante affaire...

Je connais plutôt bien l'Afrique du Sud et ai un peu étudié l'histoire de ce pays. Par contre je ne suis pas du tout porté sur l'équitation donc vraiment un rêve de composition.

Quel âne!

Je suis jeune professeur et j'arrive à moto dans l'établissement où je suis fraîchement nommé, c'est la rentrée scolaire.

J'arrive devant l'établissement cherchant l'entrée du garage ou parking pour les deux roues. J'arrive sur un attroupement à l'entrée du lycée, des lycéens ou des enseignants à bicyclette, vélomoteurs ou motocyclettes. Je vais aux renseignements. Il semblerait que le chef d'établissement au vu des troubles causés l'année dernière a condamné le parking pour les deux roues. L'accès à l'établissement est bloqué, les deux roues, motorisés ou non empêchent de rentrer.

Tout le monde est très énervé... il y a beaucoup de personnes habillées en noir le visage masqué. De l'avis général le chef d'établissement est un âne d'avoir pris une telle décision sans en mesurer les effets sur le terrain. Impossible de rentrer dans l'établissement, je me réveille.

Grosse surprise pour moi de faire un rêve en tant qu'enseignant et encore plus de me trouver dans une situation telle où je ne peux que constater l'incurie d'une gestion d'établissement.

Entre nous... quel âne!!!

Opticien pas sympa

Je suis chez l'opticien en train de prendre livraison de mes nouvelles lunettes et je converse tranquillement avec un employé pour discuter des derniers réglages de mes nouvelle lunettes.

Le magasin est clair, aéré, agréable et nous discutons tranquillement car il y a d'autres clients dans les lieux. Tout à coup, une femme opticien m'apostrophe de l'autre bout du magasin en criant et me demandant de parler moins fort. Tout le monde est saisi et nous ne comprenons pas pourquoi elle m'agresse ainsi. Elle continue à vociférer et je me réveille. J'ai un court instant de flottement car la scène me paraissait réelle... ou presque...

J'ai un opticien patenté chez lequel je me rends régulièrement en tant que de besoin et mes rendez-vous se passent bien à chaque fois. Donc aucune raison pour qu'un opticien me crie dessus!!! Rêve à classer au rayon des situations improbables.

Pas la montre!!!

Je cours en compagnie de ma mère (84 ans!) et une autre personne que je ne connais pas. Il s'agit d'un footing d'entretien.

À un moment, je quitte mes deux coureurs et m'engage au long d'un terrain de football, j'arrive sur un groupe de jeunes et je passe à coté d'eux, du moins j'essaye car le groupe est assez agressif et m'empêche de passer. Il y en a un qui crie « prenez lui sa montre ».

Je fonce dans le groupe et je sens que l'affrontement va être inévitable. Il y en a un qui se jette sur moi, je l'attrape par le cou et l'étrangle, je sens ses vertèbres craquer, je le laisse tomber. J'en saisis un autre et l'étrangle aussi, je sens son corps se ramollir contre moi mais ils sont trop nombreux et je vais céder sous le nombre, je tombe...

Je me réveille à ce moment là et immédiatement je vérifie que j'ai bien ma montre à mon poignet.

Je n'ai bien évidemment jamais étranglé personne au point de lui faire perdre connaissance et encore plus de le tuer. Par contre je tiens beaucoup à ma montre... quant à faire un footing avec ma mère!!! Bref encore un rêve de composition!!! A moins qu'il ne s'agisse de pulsions meurtrières inconscientes. D'autant qu'il me semble que ma mère n'a pas cet âge là, du moins je crois.

Poker dans la jungle

Je suis attablé au milieu de la jungle avec une équipe de types qui me paraissent être des guérilleros avec toute la panoplie qui va bien: lunettes de soleil, barbe de 4 jours, cigarillos, cartouchière en bandoulière et armes diverses posées sur la table. Nous sommes sous une espèce d'appentis occupés à jouer au poker. Je me vois bien jouer avec tout ce petit monde mais j'ai l'impression que ce n'est pas exactement moi.

Bref, partie de poker avec alcool, cris, bruits divers et, semble t'il, des combats proches qui font que parfois des balles nous passent au-dessus.

Nous jouons sans nous occuper des combats à proximité et l'ambiance est à la fête. Je me suis réveillé en souriant tant la situation me paraissait étonnante.

Je ne suis pas un adepte du jeu en général et si je sais jouer au poker, je ne l'ai jamais pratiqué réellement... quant à me retrouver au milieu de la jungle avec des guérilleros à jouer aux cartes sous les balles d'ennemis potentiels... grosse incertitude là aussi.

Pas de respect pour les anciens!

Je possède un véhicule de sport et participe à une réunion de famille. Depuis que je suis arrivé je dois faire attention car tout le monde veut me prendre mes clés pour aller faire un tour en Porsche.

Alors que je suis dehors dans un jardin ou un champ avec des enfants, je vois passer ma voiture avec comme passagère ma mère de 84 ans et sa mère (ma grand-mère) au volant. Les deux femmes passent devant moi rigolardes et la grand-mère klaxonne. Ma mère a un sac à provisions sur les genoux.

Je me suis réveillé un peu perturbé. A noter que ma mère serait incapable de participer à une telle exaction et ma grand-mère maternelle est décédée il y a au moins une dizaine d'années!!! Je vais raconter ce rêve à ma mère, il y a des chances que cela la fasse bien rire.

À noter que ma grand-mère n'à jamais eu de permis de conduire, d'où mon inquiétude!!! Enfin ma mère n'a pas 84 ans, je ne sais pas où je suis allé prendre cet âge là.

Il y a quelqu'un

Je suis endormi dans mon lit. Je somnole, il fait nuit et je me rends compte qu'il y a quelqu'un dans la chambre qui s'approche du lit. Il s'agit d'une ombre noire, pas très grande ni très imposante mais il n'empêche que cette personne n'a rien à faire dans ma chambre. Je connais cette ombre, je l'ai déjà croisée je crois dans mes rêves. Je la préviens que je vais me lever et la flanquer dehors mais elle continue à s'avancer vers le lit. Je ne suis pas trop inquiet mais un peu quand même!!!

Je me lève en hurlant et me précipite vers elle. L'ombre recule et tente de se cacher entre un mur et un placard, je crie de plus en plus fort.

Je suis réveillé par la lumière de la chambre que mon épouse vient d'allumer, elle n'était pas encore couchée et est venue à la suite de mes cris. J'ai un peu grogné et me suis rendormi.

C'est rare que je me retrouve dans ce genre de situation à savoir que je parle, crie durant un rêve. Jamais personne n'est entré dans ma chambre nuitamment et il n'y a pas la place pour se cacher entre le mur et le placard.

Plus rien...

Depuis que j'ai eu la visite de cette « ombre noire », je ne rêve plus. C'est étonnant car je rêve tout le temps depuis longtemps et là... plus rien.

C'est bizarre car j'ai l'impression de connaître cette ombre noire mais je ne sais pas et cela me perturbe. il y a quelque chose qui m'intrigue, ce matin sur la route alors que je circulais à moto, il m'a semblé voir cette ombre noire passer derrière moi, dans les rétroviseurs. J'ai rapidement vérifié en contrôlant avec un rapide mouvement de tête vers l'arrière mais rien...

Cette histoire d'ombre noire commence à me turlupiner.

Fatigué

Cela fait deux semaines que je ne rêve plus et ça me fatigue, je me réveille le matin las, usé. Je me rends bien compte que rêver est essentiel pour moi, j'en arrive presque à souhaiter revoir cette ombre noire. Il me semble que la solution est de ce côté là. Il suffirait que je recommence à rêver.

Par contre plus de passage fugace d'ombre noire dans les rétroviseurs de la moto ou de la voiture, c'est plutôt une bonne nouvelle.

Revenue

J'ai recommencé à rêver. En fait je n'ai pas exactement rêvé au sens où je l'entends habituellement, j'ai juste revu l'ombre noire et le problème c'est que je ne sais pas si je l'ai rêvée ou si elle était réellement présente dans la chambre.

J'étais allongé, je dormais, je crois du moins et l'ombre noire était debout au pied de mon lit. Elle ne bougeait pas, moi non plus. J'ai eu l'impression qu'elle m'observait, un peu comme si elle attendait quelque chose de moi. Elle n'était pas menaçante.

L'ombre noire n'est pas très grande, 1,70m peut être et je ne sais pas pourquoi mais j'ai l'impression que c'est une femme. Impossible de voir son visage, une capuche le recouvre.

Nous nous observons. Je sens un malaise mais je ne sais pas pourquoi, je n'ai pas peur mais vaguement inquiet. J'essaye de me relever pour me rapprocher mais je suis comme paralysé et ne peux me mouvoir.

L'ombre noire se rapproche de moi et en même temps je sens un gros courant d'air frais. je tente de parler mais impossible de sortir quelque son que ce soit. Je commence à paniquer.

L'un de mes chats saute sur le lit et se retourne en feulant vers cette ombre noire.

Je me réveille brutalement j'ai la sensation durant quelques instants d'être encore un peu paralysé. J'ai du mal à respirer.

Je suis inquiet, je ne sais pas ce qui m'arrive et surtout je suis réellement incapable de savoir si j'ai rêvé cette ombre noire au pied de mon lit ou si elle était réellement là.

Et si cette ombre noire était réelle? Mais c'est impossible.

Rien ne va plus

Cette fois ci j'en suis quasiment certain, j'ai revu cette ombre noire en pleine journée.

J'étais dans une grande surface, affairé à quelques achats. Au rayon whisky, alors que j'envisageais d'investir dans un « single malt » pas trop tourbé, en regardant au travers du rayon d'alcool, j'ai aperçu l'ombre noire. Elle me regardait, j'en suis certain et pourtant j'ai encore été incapable de discerner son visage mais je suis certain qu'elle me regardait. Et toujours ce courant d'air froid.

Qu'est ce qu'il se passe?

Je suis loin du rêve de base ou alors je génère un personnage dans mes rêves qui passe dans la réalité... ou alors je deviens cinglé et je suis incapable de discerner le rêve de la réalité.

J'ai un peu de mal à m'y retrouver, j'ai bien tenté de faire le tour du rayon pour approcher cette ombre noire. Et bien entendu, une fois le rayon contourné il n'y avait plus personne.
Le pire là-dedans c'est qu'il n'y a personne à qui je peux raconter cette histoire.

Qui ira me croire lorsque je raconterai qu'une créature de mes rêves interfère dans la réalité, ma réalité. A moins que je ne perde la tête...

Comment est-ce que j'ai pu passer d'un bouquin sur mes rêves à une situation bizarre dans la vraie vie.

Je ne suis pas bien, rien ne va plus. Je suis fatigué, je ne rêve plus. Je ne comprends rien à cette ombre noire. Qu'est ce qu'elle me veut? Comment vais je m'en sortir?

Sacrée nuit

J'ai rêvé.

Enfin j'ai rêvé, j'ai plutôt été réveillé avec une belle crise de panique. J'étais allongé, je dormais et en ouvrant les yeux j'ai vu l'ombre noire au pied de mon lit. Elle s'est rapprochée de moi, j'étais incapable de bouger ni de parler. Elle est venue à la tête du lit et s'est penchée sur moi, encore ce courant d'air. J'ai eu l'impression quelle voulait parler, communiquer avec moi mais elle n'y arrivait pas.

J'ai eu peur, impossible de parler, paniqué, j'ai émis quelques grognements et je me suis réveillé en criant affolant mon épouse qui a bien vu que j'étais perturbé.

Il y a quelque chose qui se passe mais quoi?

Par contre, il me semble que j'ai un peu avancé, cette ombre n'est pas menaçante, elle veut communiquer mais ne semble pas être en capacité. Un peu comme moi qui suis paralysée dans mon lit.

Re par contre, j'ai la quasi certitude que cette ombre est une femme, la façon de se mouvoir, son gabarit, je pense qu'il s'agit d'une femme mais qui et que me veut elle?
Je vais essayer d'aller dormir ailleurs pour voir si elle me suit.

Changement de cantonnement

Il faut que j'essaye d'aller dormir ailleurs et j'ai une petite idée. J'avise mon épouse que j'ai besoin de découcher pour calmer mes paniques nocturnes, elle le comprend très bien d'autant qu'elle sait où je vais aller pour tenter de retrouver un semblant de paix.

Je vais chez mon grand-père paternel, une figure, un rocher de 96 ans qui a toute sa tête et vers qui je me suis souvent tourné au cours de ma vie pour prendre conseil, avis. Je lui téléphone en lui disant que j'arrive. Il ne pose pas de question et répond simplement « je t'attends ».

Je pars à moto, faiblement chargé, un change pour deux ou trois jours. L'ancêtre habite dans le Vercors, une fois sorti de l'autoroute j'entame une petite centaine de kilomètres de virages en pleine forêt. Je me dis en souriant que ce serait un comble que je rencontre mon ombre noire au détour d'une courbe. J'arrive chez mon grand-père, il est à l'entrée de la propriété. « J'ai entendu ta moto de loin », nous prenons le chemin qui mène à sa maison.

Il habite une belle maison au milieu d'un petit hameau.

Il ne me pose pas de question et me laisse m'installer dans ma chambre d'ado lorsque je venais pendant les vacances. Je descends à la cuisine, il m'attend.

« Qu'est ce qu'il y a? » m'interroge t'il. Je lui explique la situation. La discussion se fait autour de cette ombre noire, il ne discute pas de mes propos mais cherche plutôt le pourquoi. Il m'interroge me demande des détails, le bruit, l'odeur, le mouvement d'air... Si mon grand-père est un cartésien pur jus, il sait que, parfois, l'irrationnel empiète sur le rationnel.

Enfin il me demande si je connais cette ombre noire, si elle fait écho chez moi. Je suis surpris de sa question. Il m'explique que cela peut-être quelqu'un à qui j'ai fait du tort et qui vient me tourmenter ou m'interroger. Ou alors quelqu'un que j'aurais oublié, pour laquelle ma « non action » aurait été préjudiciable.

Je ne vois pas, je ne sais pas, la soirée se termine sur un solide repas de saucisses aux choux le tout cuit dans la cheminée arrosé d'une râpeuse piquette faiblement titrée en alcool.

Je monte me coucher un peu fatigué par la route, l'alcool, le feu...

Nuit éclairée

J'ai dormi comme un bébé, du moins jusqu'à 3h du matin. Je suis réveillé par un courant d'air glacial, je me réfugie sous la couette, au chaud. Soudain je comprends: elle est là!

Je sors la tête de la couette, l'ombre noire est à côté de mon lit à environ 1 mètre. Aucunement menaçante, toujours le visage masqué mais cette fois-ci elle murmure quelque chose, une phrase que je devine « souviens toi » et ensuite un prénom, un prénom de femme, Zabeth, Elizabeth ou Elie... je ne comprends pas bien, je sors le torse des draps, cherche à me rapprocher pour mieux entendre le prénom. Je suis quasiment certain de la première partie de la phrase par contre pour le prénom je suis moins affirmatif. Elizabeth me semble être le prénom.

Je tente de sortir du lit mais je ne peux plus bouger, je suis paralysé, l'ombre noire s'approche de moi et murmure à mon oreille « Elizabeth ». Elle recule doucement, je baisse les yeux puis je la perds.

Je me réveille. Je suis incapable de faire la différence entre le rêve et la réalité, je ne sais pas si ce que j'ai vécu est vrai, avéré. Et même si les faits sont réels, qu'est ce que cela signifie?

Me souvenir d'Elizabeth, le prénom ne me dit rien, j'en ai croisé mais rien n'indique que cela justifie cette rencontre irréelle.

Dans le brouillard

Petit déjeuner avec le grand-père, café brûlant, pain frais, confiture de la voisine qui résonne comme un air d'adolescence.

J'explique ce qui m'est arrivé, la conversation s'engage sur une Elizabeth que j'aurai pu croiser mais je suis dans le brouillard le plus complet. Ce prénom ne me dit rien. Nous échangeons sur ce prénom en notant les Elizabeth célèbres et je sens d'un coup mon grand-père dubitatif. Je le sens perdre le fil de la conversation et brutalement il revient dans la conversation avec un « attends un peu, Elizabeth! ».

J'arrête de discuter et lui porte un retard interrogateur. Je le laisse venir.

Il m'explique à ce moment que lors de ma naissance mes parents voulaient une fille et que je devais m'appeler Isabelle ou Elizabeth. Il n'est pas capable de me dire lequel des deux prénoms était choisi par mes parents mais il est certain qu'Elizabeth faisait partie du choix de mes parents.

Je manifeste ma surprise, qu'est ce que c'est que cette histoire, m'appeler Elizabeth? Je n'ai jamais entendu parler de cela. Effectivement, mon grand-père me confirme qu'une fois ma naissance effective cette histoire d'Elizabeth a totalement disparu et n'avait d'ailleurs plus de raison d'en discuter étant un garçon, l'affaire était close.

Il faudrait que je me renseigne de ça.

Difficile d'avoir cette information: mon père a disparu du jour au lendemain il y a 20 ans, sans prévenir. Il est parti de la maison avec son passeport et les 100 000 euros d'héritage de sa mère.

La mienne de mère, cadre dans l'automobile n'en a guère été perturbée et elle a continué sa vie en travaillant beaucoup et en élevant (à peu près...) ses trois garçons. Je peux la solliciter pour avoir des infos sur cette histoire de prénom féminin me concernant mais mes relations avec ma mère sont fraîches et épisodiques. Je n'apprécie guère son tempérament de manager autoritaire appliquant au sein de sa famille des méthodes de gestion humaine un peu... viriles...

Après... est ce que c'est vraiment important que si j'avais été une fille je me serai appelé Elizabeth?

Il faut que j'avance dans cette histoire mais je bute sur Elizabeth, il faut que je revoie cette ombre noire et que j'en sache un peu plus.

La journée se passe tranquillement et en soirée mon grand-père me propose de passer la nuit tous les deux dans le salon. Après dîner, devant la cheminée, nous continuons à parler d'une hypothétique Elizabeth, mon grand-père sort une bouteille de Cognac. Nos regards se croisent, nous savons que nous allons passer la nuit ensemble et cet alcool va nous aider à glisser peu à peu dans une torpeur proche du sommeil.

Les heures glissent, le Cognac s'écoule lentement dans nos organismes. Vers minuit, je me lève et éteint le plafonnier ne laissant qu'une veilleuse. Mon grand-père ronfle comme un bienheureux dans un fauteuil qui permet de dormir en position allongée. Je le recouvre d'un plaid qui traine, il se retourne en grommelant un vague merci. Ses ronflements envahissent le salon, rassurants un peu comme un fond sonore installant un climat de sécurité.

Je m'allonge sur le canapé, face à la cheminée, une couverture sur moi, le regard dans le vague j'attends le sommeil. L'alcool ingéré me rend quasi béat, j'attends. J'attends cette ombre noire, viendra-t'elle ce soir?

Je m'endors...

Un peu de lumière

Je dors et mon sommeil est tranquille. Je suis gêné, je suis mal installé, j'ouvre les yeux, elle est là, assise sur le bord du canapé. Aucune hostilité dans son attitude, je suis recouvert par la couverture, je tente de sortir ma main pour la toucher. Ma main sort de sous la couverture et je suis sur le point de pouvoir avoir un contact physique mais à une dizaine de centimètres mon mouvement est interrompu. Je me heurte à une zone glacée solide, je ne peux aller plus en avant.

Elle est toujours assise sur le bord du canapé, elle me regarde du moins je l'imagine car avec cette fichue capuche je ne vois rien. Elle relève la tête, c'est une femme j'en suis certain, je devine un visage ovale, pâle, des lèvres fines et au milieu de tout cela des yeux d'un bleu sombre.

Je sens que je ne risque rien, je la sens prête à parler.

J'attends, je la laisse venir, je perçois bien que la moindre brusquerie de ma part risquerait de la faire partir. Je suis envahi d'une grande empathie, j'ai envie de comprendre, je jette un rapide coup d'œil vers le grand-père. Il ne ronfle plus et a le visage tourné vers nous, je me demande s'il ne nous observe pas, paupières mi closes.

L'ombre noire parle: « je suis Elizabeth, souviens toi »

Je tente de répondre mais je ne peux pas parler et pourtant je souhaiterai tellement lui demander plus de précisions mais toujours impossible de m'exprimer. Par contre, fait nouveau, la silhouette, la forme du visage deviné me sont vaguement familières mais impossible de définir, de reconnaître, de mettre un nom. De plus j'ai l'impression qu'en l'état je serai incapable de savoir qui est cette Elizabeth.

Mon grand-père grogne et bouge dans son fauteuil, mon regard se porte sur lui et lorsque je reviens vers mon hôte encapuchonné, celui-ci a disparu.

Mon grand-père est réveillé, moi aussi.

Il se redresse dans son fauteuil et me lance « je l'ai vue, il faut qu'on en parle ».

Incompréhension

Mon grand-père attrape la bouteille de Cognac et boit directement au goulot, il est 4 heures du matin et c'est bien la première fois que je vois mon ancêtre boire de l'alcool ainsi!

Il me regarde l'air inquiet et me dit « c'est ta mère! C'est ta mère plus jeune! ».
D'un coup la vague sensation familière s'éclaire, effectivement cela pourrait être ma mère plus jeune mais qui est cette Elizabeth qui ressemble tant à ma mère?

Il va falloir que je rencontre ma génitrice. Je n'ai aucune cousine du prénom d'Elizabeth et je ne connais personne de ce prénom dans toute la famille même élargie et surtout je ne connais personne qui ressemblerait de près ou de loin à ma mère, même plus jeune.

Il n'y a qu'elle qui qui pourra me donner des informations à ce sujet.

Souci: je la vois tellement souvent qu'il va falloir que je trouve une bonne raison pour aller la voir... À réfléchir...

Retour à la normale

Je quitte mon grand-père, il me conseille de reprendre contact avec ma mère, nous sommes d'accord pour penser qu'elle a peut-être un début d'explication à cette ombre noire.

Retour à la maison.

Je récupère un sommeil apaisé.

Et surtout je recommence à rêver avec une nouveauté: mon ombre noire m'accompagne de plus en plus souvent. L'un des rêves récurrents que je fais actuellement se passe en voiture, je roule sur une ligne droite, il fait beau, tout va bien. Il me semble même que je roule dans un cabriolet, je regarde la route. Lorsque je tourne la tête vers la place passager, souvent ma passagère est cette ombre noire, bizarre...

Par contre il y a un changement notable, c'est que je sens sa présence comme presque rassurante. Il me semble que nous avons des relations stables, apaisées. C'est un peu comme ci nous étions proches mais je ne sais pas par quel lien. J'avance doucement dans cette affaire et j'ai en plus la très nette sensation que nos liens sont ténus, fragiles et qu'il faut laisser le temps au temps.

Identiques

Je suis endormi, l'ombre noire est au pied du lit, elle murmure quelque chose, le répétant un peu comme une prière ou une psalmodie.

C'est répétitif, lancinant, je n'arrive pas à distinguer ce qu'elle dit.
Je tente de me redresser, craignant que je ne sois encore paralysé, j'ai froid. J'arrive à remonter dans le lit et me tenir assis.

Je prête l'oreille, je discerne « identique » avec de temps en temps « nous sommes identiques ». Je commence à en avoir assez de ce style de communication par mot-clé, j'aimerai tellement qu'elle me fasse deux ou trois phrases, histoire de comprendre ce quelle souhaite.

J'essaye de parler, mais j'ai l'impression que ce que je dis s'arrête sitôt sorti de ma bouche. Un peu comme si les sons que j'émettais n'avaient que 10 ou 20cm de portée.

Je me réveille un peu énervé, autant parce que je ne comprends pas ce qu'elle dit qu'à cause du peu de portée de mes paroles. Et qu'est que peut bien signifier ce « nous sommes identiques », c'est une ombre noire surréaliste moi je suis bien réel, c'est une femme (du moins je le pense) et moi je suis un homme (ça j'en suis certain!), elle est toujours capuchonnée, pas moi, elle communique par mot-clé...

Il faut que je tente de rencontrer ma mère, pas facile vu que cela fait des années que nous nous croisons peu.

Prise de contact

J'ai trouvé une fausse excuse pour reprendre contact avec ma mère, prétextant une formation dans la ville où elle travaille.

L'appel téléphonique a été court, elle est toujours très occupée, je lui propose de déjeuner avec elle. Elle me fixe rendez-vous dans une brasserie proche de son siège social pour le lendemain.

Cela me laisse toute la nuit pour préparer l'entretien, peut-être que mon ombre noire me donnera des conseils.

La nuit se passe, sans rêve ni ombre noire. En clair il va falloir que je me débrouille tout seul!

Repas familial

J'arrive à l'heure pour déjeuner, elle arrivera en retard. Elle traverse la salle de restaurant en saluant de la main le personnel au bar d'où j'en déduis quelle est habituée à l'endroit. Toujours élégante, les hommes assis à table la regardent, elle le sait, elle a toujours été ainsi, jamais provocante, toujours séductrice et surtout aimant vérifier son effet sur les hommes.

Elle s'assoit après m'avoir rapidement embrassé, à peine un battement d'aile de papillon, il me semble qu'elle a changé de parfum. Elle me sourit et me dit que cela lui fait plaisir de me voir, précisant immédiatement qu'elle n'a qu'une heure à m'accorder que la situation économique est compliquée, que tout irait beaucoup mieux sans ces fichus syndicats et que le constructeur ne fait pas l'effort... et que... et que...
Je l'interromps et lui demande si le prénom d'Elizabeth lui dit quelque chose. Elle me répond aussitôt « mais quelle Elizabeth? », elle me cite une série d'Elizabeth, dans son personnel, à la salle de gym...

Je lui explique alors l'apparition de cette ombre noire qui me poursuit depuis un moment dans mes rêves et parfois même dans la réalité. Elle ne bronche pas.
Par contre lorsque je lui rapporte ses propos, je vois le visage de ma mère se défaire, surtout lorsque je l'informe que grand-père l'a vue et qu'il perçoit une grande ressemblance entre elle et cette ombre noire.

Ma mère devient maman, elle baisse d'un ton et murmure « lorsque j'étais enceinte, j'étais persuadée que j'allais avoir une fille et nous avions prévu, ton père et moi, de l'appeler Elizabeth ». Jusque là l'histoire reste connue, je le fais remarquer à ma mère. Elle reste silencieuse « tu es né et tout de suite la sage-femme m'a dit que tu étais un garçon, je n'ai pas été déçu mais 10 minutes après j'entends qu'il y en a un second et j'ai accouché juste après toi d'une petite fille ».

Je reste sonné, ma mère ne dit plus rien, je ne comprends plus, je suis déstabilisé.

« Mais où est cette Elizabeth? », je pose la question avant que mon cerveau n'ait fini d'enregistrer l'information.

Elle est KO, son portable sur la table n'arrête pas de vibrer, elle a dépassé son temps mais elle ne bouge pas.

« Elizabeth est dans le caveau de tes grand-parents maternels », elle m'explique que la petite est morte née et qu'elle a été placée dans un petit cercueil dans ce caveau, caché et sans plaque funéraire.

J'ai vécu quelques mois avec ma soeur. C'est donc cela le lien qui nous unit. Mais pourquoi vient-elle maintenant me solliciter.

Maman m'explique que le choc a été très fort pour mes parents et que seul mon grand-père maternel a pris l'affaire en main. Un petit cercueil anonyme dans le fond d'un caveau, voilà où est ma soeur Elizabeth.

J'indique à ma mère que je veux y aller, avec ou sans elle. Nous prenons rendez-vous pour samedi matin. Elle se sauve, moins impériale, en faisant moins attention aux hommes, oubliant de saluer le personnel...

Macabre visite

Samedi matin, je suis devant la grille du cimetière, ma mère arrive dans son véhicule électrique du constructeur qui l'emploie. Même dans le choix de ses véhicules elle est « tendance »

Elle descend en tenue de week-end: jean moulant et blouson court type perfecto. Pas maquillée et j'ai la très nette impression qu'elle n'a pas passé une bonne nuit. Je me dis que c'est plutôt une bonne nouvelle et que peut-être cela la calmera.

Elle m'embrasse furtivement. Je me dirige vers l'entrée du cimetière, elle reste derrière moi, j'attends qu'elle me guide. Je la sens hésitante et d'un seul coup je comprends: elle ne sait pas où est le caveau de la famille, elle ne sait pas où est la sépulture de sa fille!!! Un comble!!!

Elizabeth est là, à côté de moi, pas son cercueil mais elle sous forme d'ombre noire, je la perçois autour, je ne la vois pas, je sens sa présence. Et ma mère hésite toujours, elle erre entre les allées et d'un seul coup, elle s'arrête brutalement face à un petit caveau, « c'est là » me dit-elle dans un souffle.

Je me dirige vers l'édifice, une grille en fer forgée interdit son accès, je me retourne, elle me tend une clé en acier nickelée, propre brillante « elle est toujours dans le fond de mon sac ».
Alors ça... elle se promène avec cette clé dans le fond de son sac depuis notre naissance et elle ne m'a jamais rien dit.

J'ouvre la grille, elle tourne sur elle-même dans un doux grincement, j'attends un peu, le temps de m'habituer à l'obscurité. Le lieu est réduit, calme, il y a semble-t-il plusieurs plaques indiquant les noms des personnes inhumées ici, je retrouve des noms que j'ai entendus au cours de réunions familiales. Pas d'Elizabeth et pourtant, elle doit y être.

Sur le seuil, maman est appuyée contre le chambranle de l'entrée, elle pleure, doucement, en silence, sans artifice et sans fard. Elle ne se cache pas, elle pleure comme je ne l'ai jamais vu pleurer, sans crier, sans se plaindre.

J'ai l'impression que toutes les larmes retenues depuis des années s'écoulent en un torrent lacrymal ininterrompu. J'ai la tentation de la consoler, elle doit percevoir mon mouvement et me fait un signe de dénégation de la main.

Je cherche dans la petite pièce, ce caveau fait 9 mètres carrés maximum, je devrais y arriver. Dans un coin, je trouve un petit muret avec un emplacement sans doute pour un autre cercueil familial à venir. Dans le fond de cet espace, dans le noir, en travers je perçois une petite forme, je me rapproche et il s'agit effectivement d'un petit cercueil placé dans le sens de la largeur, bien au fond... impossible de le voir même de très près.

Je sors mon téléphone portable et allume la lampe.

C'est bien un petit cercueil blanc, du moins à l'origine car les années sont passées par là et le blanc est devenu gris. Je cherche une plaque, un nom, un prénom, une date.
Rien!

Rien que cette petite boîte, seule, isolée.

J'ai envie de pleurer et je pense à ma petite sœur jumelle, toute seule depuis des années. Je sens une main sur mon épaule, maman a dû se rapprocher. Avec le contact de cette main sur mon épaule je perçois dans un soupir « merci ». Je me retourne, maman est toujours à l'entrée... encore un tour de cette ombre noire.

Maman pleure toujours mais se rapproche et elle se penche sur le petit cercueil, ses larmes tombent dessus et creusent des sillons qui tranchent, blancs immaculés.
Je la prends par les épaules, c'est mon premier contact physique avec elle depuis fort longtemps. « On ne peut pas la laisser comme ça », mes premières paroles sont pour donner une identité à la petite dans le cercueil. Je demande à maman de rester là, « je reviens » que je lui lance en me dirigeant vers l'entrée du cimetière.
J'entre dans le magasin de pompes funèbres, une employée s'avance vers moi, je luis demande brutalement si l'établissement peut faire une plaque en cuivre avec nom/prénom/date de naissance et de décès.
« C'est possible » me répond-elle « d'autant que tout est fait par ordinateur et je peux vous sortir immédiatement une plaque en cuivre autocollante à la dimension que vous souhaitez ».

Je donne les informations et j'attends.

Elle est là, à côté de moi, elle sourit, je ne la vois pas, je la sens. L'employée me donne la petite plaque en cuivre, je règle et repars en courant vers le caveau.
Maman a déplacé le cercueil, l'a placé dans le sens de la longueur entre le mur et le petit parapet. Elle a un peu nettoyé la boite en bois, le blanc n'en est que plus puissant. Je prends son mouchoir en papier et nettoie un peu plus une petite partie sur le couvercle.
J'enlève la mince couche de papier qui dégage la partie collante de cette carapace. Le bruit du décollement de cette mince feuille de papier, dans le caveau est impressionnant.

Je colle la petite plaque, elle brille dans la pénombre du lieu. Maman ne pleure plus, elle regarde, hagarde « j'aurai dû le faire depuis bien longtemps », murmure t'elle.

Elizabeth n'est plus là, je ne sens plus sa présence, un peu comme si le simple fait de mettre une étiquette sur une boite avait tout réglé. Mais non, cette histoire ne peut pas se terminer ainsi. J'ai beau tourner, virer, plus d'Elizabeth. J'en arrive même à regretter cette ombre noire qui hantait mes nuits et plus récemment mes jours...

J'ai passé le week-end avec maman, nous avons parlé, ri et un peu pleuré, surtout elle. Je n'ai jamais été aussi proche de ma mère que sur ce week-end, nos relations ont changé par la suite... elle est devenue beaucoup plus abordable, presque maternelle par moment. On ne refait pas les rayures du zèbre à 50 ans mais elle et moi avons changé, l'un par rapport à l'autre.

Du mal à se repérer

La vie continue, je recommence à rêver par contre j'ai du mal à me situer dans le temps car j'ai l'impression que cette histoire vient de m'arriver alors que je pense être plus vieux. Elizabeth fait partie de ma vie à présent, je la vois régulièrement dans mes rêves, elle a enlevé sa capuche.

Elle intervient aussi dans ma vie au cours de la journée mais cela me pose souci car manifestement je suis le seul à la voir. J'en ai parlé à mon thérapeute et il m'a dit que c'était tout à fait possible. Il a changé mon traitement.

Je prends ce nouveau traitement deux fois par jour, le midi et le soir avant de regagner ma chambre. Je sens bien que cela inquiète les surveillants, ils m'observent au mons deux ou trois fois par nuit, j'entends la trappe de visite dans la porte s'ouvrir.

Elizabeth est toujours présente et elle me parle régulièrement, elle intervient dans mes rêves. J'échange vraiment bien avec elle, c'est agréable. J'ai tout raconté dans ce document rédigé sur un ordinateur de la bibliothèque du centre.

Par contre le fait d'être retenu dans cet établissement me pèse un peu, il parait que c'est pour mon bien, peut-être mais Elizabeth me dit que ce n'est quand même pas très normal, qu'il faudrait que je puisse partir, aller à l'extérieur.

Elle me dit qu'il y a un moyen de la rejoindre, il suffit de faire semblant de prendre mon traitement et de garder tous les comprimés, de les prendre en une seule prise au bout d'un mois. Le surdosage devrait me permettre de la rejoindre définitivement.

J'ai peur de mourir car c'est quand même de cela qu'il est question.

Elizabeth m'explique que ce n'est pas mourir mais que c'est vivre différemment. Après tout, l'idée n'est pas idiote car elle reste la seule personne qui me comprend, vivre avec ma soeur jumelle me semble une bonne idée.

Ce soir je commencerai à stocker les médicaments.